KB270477

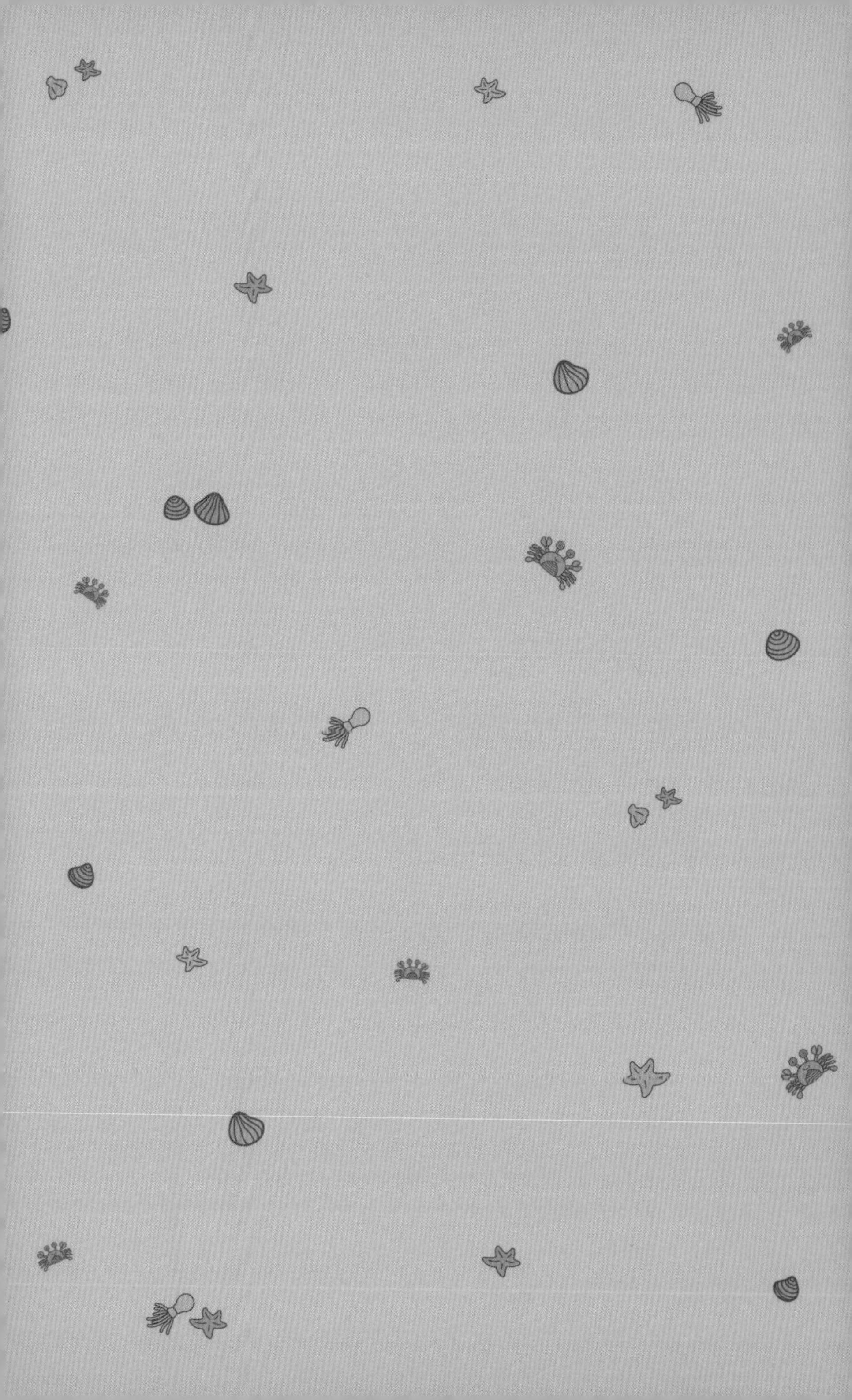

 바다 비밀

시·그림 **최연희**

시아창작동시 015

최연희 동시조집

인쇄일 | 2023년 10월 20일
발행일 | 2023년 10월 25일

지은이 | 최연희
펴낸이 | 김명수
펴낸곳 | 도서출판 시아북(詩芽Book)

출판등록 | 2018년 3월 30일
주소 | 대전광역시 동구 선화로214번길 21(3F)
전화 | (042) 477-8885, 254-9966
팩스 | (042) 367-2915
E-mail | siab9966@daum.net

값 13,000원

ISBN 979-11-91108-81-1(03810)

바다 비밀

글·그림 최연희

선생님이 제일 좋아하는 친구들, 잘 지냈지요?
지난해 『레미파솔라』 『오리의 잔꾀』로 만나고, 1년 만에
『바다 비밀』로 다시 친구들을 만나게 되었네요.

선생님이 친구들의 마음을 표현하는 시를 계속 쓴다고
약속했기에, 이번에도 자연, 친구, 가족 안에서 만나는
친구들의 마음을 표현했어요.
여전히 친구들과 똑같은 마음을 표현하기엔 한계가
있지만, 친구들의 마음을 이해하려는 어른이 있다고 생각
하고 힘내면 좋겠어요.

선생님에게도 무지무지 사랑하는 조카 손주들 '종우,
종윤, 하늘, 사랑' 어린이가 있어요. 친구들처럼 웃음 많은
개구쟁이지요. 선생님은 손주들과 함께 놀고 이야기할
때가 가장 즐겁답니다.

『바다 비밀』을 조카 손주들과 함께 그림 그리며 만들고
싶었는데, 친구들도 아는 것처럼 손주들이 공부하느라

바쁘답니다. 고맙게도 예쁜 공주 하늘이가 2점, 사랑이가 2점을 그려 줘서 아쉬움을 조금이라도 채울 수 있었어요.

다른 그림들은 선생님이 친구들을 생각하면서 하나하나 그렸어요. 선생님 마음이 친구들 마음속에 살며시 들어가는 기분이어서 정말 정말 기뻤어요. 친구들도 선생님 그림과 글을 통해 선생님 마음속으로 들어와 재미있게 보고 읽으며, 기쁨을 느끼면 좋겠어요. 그리고 선생님이 언제나 친구들에게 감사하는 마음이 있다는 거 알지요? '동심을 잃지 않게' 해 주어서지요.

친구들 덕분에 오래오래 동심을 지니며 예쁜 마음, 고운 생각을 간직하며 살아갈게요. 다음에 또 다른 작품으로 만나요.

2023년 가을

서해 끝에서 **최연희**

차례

‘다음엔
숨긴 자리에
〈내 것〉이라
꼭 표시해’

1부

꼭 표시해

갯벌

갯벌은 바다생물 재미난 놀이터죠
갯고둥 꾸불꾸불 곡목 길 만들고요
바지락 물총 쏘면서 시원하게 놀지요

갯벌은 엄마 같아 *바다 것 먹이 주고
위험한 태풍 올 땐 품속에 안아 줘요
파도가 짜증을 내도 따뜻하게 품어요

* 바다 것 : 바다에 사는 생물

겨울나무

메마른 가지에도
새들이 찾아들고
벌레도
구멍 속에 집 짓고 살고 있죠
나무는 가만있어도 뿌리들은 자라요

혼자서 쓸쓸하다,
춥다는 말 안 하고
찾아온
햇살에게 고맙다, 소곤소곤
흰 눈도 나무에 앉아 추운 겨울 나지요

겨울방학

신나는 겨울방학
뭐하며 지낼까요?
추운 날 따끈따끈
어묵탕 먹을 거고
붕어빵 호호 불면서
동화책을 볼래요

눈 오면 친구들과
눈싸움 할거고요
눈사람 만들어서
눈썰매 탈 거예요
상상만 하고 있어도
신바람이 나지요

고백하려던 날

뒝벌이 눈두덩 위, 침 쏘고 달아났다

벌겋게 부어올라 눈꺼풀 안 떠지네

거울을 쳐다보다가 눈물 왈칵! 나왔다

아파서 나온 눈물 아닌 거 누가 알까?

눈웃음 한방이면 하늘인, 웃었는데

내 얼굴 보고 놀라서 도망가면 어쩌지?

50

구름

구름은 나의 친구 나의 맘 잘 알아요
기쁘면 나와 함께 둥둥둥 춤을 주고
슬프면 같이 울면서 다독다독 위로해요

구름이 골이 나서 찡그린 얼굴 할 땐
나무 위 올라가서 간지럼 태워주죠
나 따라 해보라 하면, 히히 하하 웃지요

* 그림 : 송명초 2 김하늘

그네

씽씽씽
쭈욱쭈욱
힘차게 밀어 보자

조금 더
높은 곳에
힘내서 올라가자

아찔한
공중에서 봐봐
우리 동네 작아져

꼭! 표시해

도토리 떼굴떼굴
구르는 좁은 숲길
다람쥐 땅속 깊이 도토리 숨겨 놓고
겨울에 하나하나씩 꺼내먹을 건가 봐

갑자기 눈 내린 날
도토리 찾지 못해
눈길을 왔다 갔다 파놓고 또 파놓고
다음엔 숨긴 자리에 '내 것'이라 꼭 쓰렴

꿀이겠죠?

하얗게 핀 배꽃에
꿀벌이 앉았어요
얼마나 먹었는지
꿀벌 배 통통 뚱뚱
배꽃 위, 똥 마려운 듯
맴맴 돌고 있어요

먹은 데 똥 싸 놓고
또 먹고 또 똥 싸고
집까지 너무 멀어
여기다 낑낑 끙끙
꿀벌이 먹고 싸는 똥
꿀 일까요, 똥일까요?

나무

껍질이 딱딱하여 거북이 등짝 같다

자세히 살펴보니 나이테 층층이다

아빠와 할아버지보다 훨씬 많은 나일걸!

친구와 매일매일 타잔 놀이 하여도

줄기가 튼튼하고 잎새도 무성하다

진초록 울창한 나무 오래오래 살아줘

농악놀이

흥겨운 우리 가락 덩기덕 쿵 더러러
어깨춤 으쓱으쓱 고개도 까닥까닥
깃털 꽃 상모돌리기 뱅글뱅글 신난다

꽹과리 앞장서서 농악대를 이끌면
장구는 쿵 더더덕 북과 징 둥둥둥둥
풍년을 감사하면서 얼쑤얼쑤 얼씨구

농악놀이

네가 더 소중해

아빠와
함께 그린
가족 잔 도착했다

상자를
열어보다
쨍그랑, 깨트렸네

눈물이
펑펑 펑 났다
안 다쳤니? 괜찮아

눈

하얀 눈 송이송이
하늘이 주신 선물

소복이 쌓인 눈을
어디로 보낼까요?

단단한 얼음집 지어
북극으로 보내요

동생

동생이
*육채 잡고
혼자서 밥 먹어요
짝짝짝 신기하다 잘한다, 칭찬해요
언젠가 젓가락질도 척척척척 할걸요!

그때가
빨리빨리
왔으면 좋겠어요
동생과 함께 뛰고, 자전거 같이 타고
태권도 배우러 다니면 도복 물려 줄래요

* 육채肉叉 : 서양 요리 먹는데 쓰는, 갈퀴 모양의 식탁 용구

동화마을

비탈진 담벼락에 가득 찬 이야기들
난쟁이 백설 공주 피노키오 웃으면
하늘도 깔깔깔 낄낄낄
소리 내서 웃지요

도깨비 뚝딱뚝딱 마술 놀이 재밌고
이야기 보따리가 무지개 타고 와요
저 골목 돌아서 가면
무슨 애기 나올까?

언덕을 올라가며 그림을 둘러봐요
별이도 궁금한지 멍멍멍 따라오고
언제든 또 가고픈
재미있는 산동네

* 별이 : 애완견 이름

만복이

솜털이 복슬복슬
꼬리는 살랑살랑
끄응끙 만져달라
해해해 애교떨고
내 품에 안겨 있으면
포근한지 잘 자죠

별이네 가고 싶어
떼쓰다 못 나가면
새초롬 삐져서는
집에서 안 나오죠
그래도 낯선 이 나타나면
뛰어나와 왕왕왕!

* 만복이, 별이 : 애완견 이름

만복이집

'보랏빛 꽃잎 속 빛,
자세히 보고 있어,
향기도 맡고 있어!'

2부

바람이 전하는 말

매일 하는 속말

말대꾸 안 하겠다 굳세게 다짐해요
쌀쌀한 그 말투는 내 진심 아니에요
머리론 알 것 같은데 마음대로 안 돼요

약 올린 동생 보니 짜증이 확, 났어요
화낼 땐 몰랐는데 소리쳐 미안해요
마음속 사춘기 도깨비 쫓아낼 순 없나요?

* 그림 : 능허대중 1학년 김사랑

맷돌

말랑한 하얀 두부 콩 갈아 만들었고

맛있는 인절미는 쌀 갈아 만들었죠

그 옛날 맷돌이 없었다면 불가능한 일이죠

지금은 고택 마당 에쁜 꽂 옆에 있고

제 역할 못 하지만 화분 중 으뜸이죠

할머니 보고 싶을 땐 맷돌 만져 봅니다

물감

물감통 열어보면 웃음이 절로 나요
내 생각 표현되는 색깔들 가득가득
하얀색 도화지 위에 오늘 기분 담아요

붓 잡고 분홍, 보라 알록달록 칠해요
파란색 하늘 높이 하얀 구름 올려놓고
새들이 높이 오르는 멋진 풍경 그려요

밀가루 점토

손으로
말랑말랑
쭉쭉쭉 주무르면
자전거 둥글둥글 네모는 뿡뿡 기차
만드는 모양대로 변한 재미있는 밀 점토

내 손이
'똥손'이라
놀리면, 안 돼! 안 돼!
조금만 오물쪼물 만지면 뚝딱뚝딱
상상한 물건 만드는 점토 놀이 재밌다

바다 비밀

갯벌 속 구멍구멍
미지의 정글 같아

구멍에 누가 살까?
어떻게 살아갈까?

똥 무덤 싸놓은 범인
바다만이 알겠지?

바람이 전하는 말

더덕꽃 고운 얼굴 해님께 보여주려
고개를 들려 해도 자꾸만 떨궈져서
넝쿨을 감고 감아서 하늘 향해 가지요

'아가야 걱정마라, 보라 꽃 속 자줏빛
자세히 보고 있어, 향기도 맡고 있어'
바람이 해님 이야기 살랑살랑 전해요

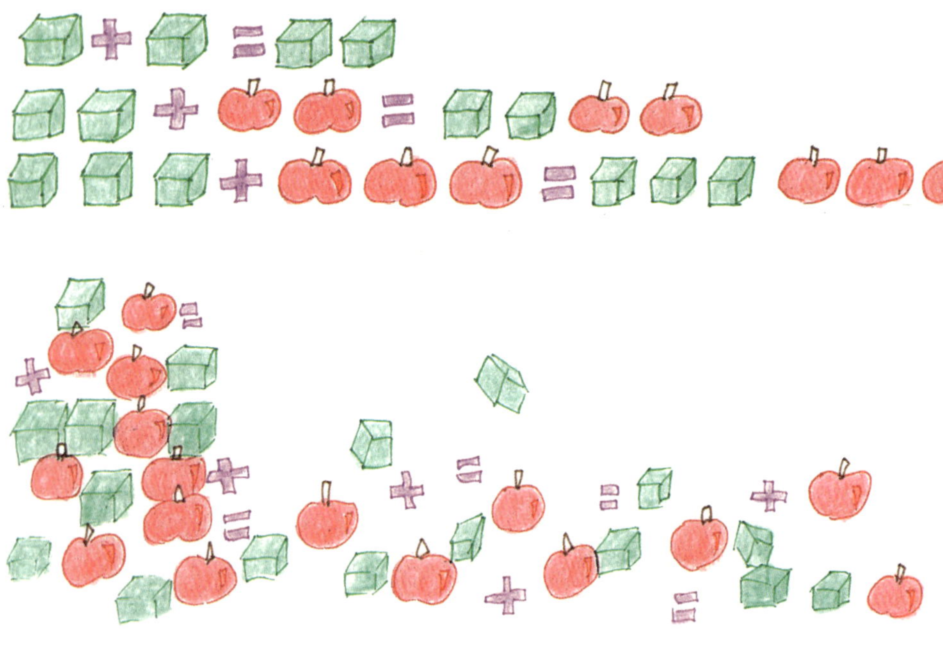

바른 셈 공부

하나에

하나를 더

더하면 둘이 되죠

둘에서 둘을 하나 더하면 넷이 되고

셋에서 셋을 더 더하면 여섯 되는 셈 공부

많기에

더 많기를

더해보고 알았죠

욕심에 큰 욕심을 더해보고 알았죠

하나도 못 되는 셈이 있다는 걸 알았죠

벚꽃

*해미천 가장자리
분홍 꽃 피었구나
고운 꽃 밤에 보면
달빛 속 전등 같고
햇볕엔 반짝이는 꽃잎
폭죽처럼 퍼져요

소나기 내리는 날
꽃비도 우수수
길가에 흰 눈처럼
소복이 쌓여있다
자전거 씽씽씽 타면
하얀 눈꽃 날려요

* 서산 해미면에 있는 천

별명

할머닌 매일매일 별명이 바뀌어요

동화책 읽을 때는
오로라 공주 되고

흥부전 읽어주실 땐
욕심쟁이 놀부죠

도깨비 나올 때는
무서운 뿔 도깨비

위대한 인물전엔
아서왕 세종대왕

하지만 진짜 별명은 귀여우신 판다 곰

흥부전 놀부전
King

봄 여행

봄 나라 찾아가면 정원사 꿀벌들이
개나리 진달래를 다정히 보여주고
향 좋은 꽃 앞에서는 멈춰 서서 기다려

민들레 노란 잎은 병아리 털과 같고
찔레꽃 하얀빛은 엄마의 미소 같아
제비꽃 도란도란 피어 보라마을 만들어

봄 숲엔 예쁜 새들 지지배배 노래하고
나무들 사이사이 하늘이 푸르르니
내 마음 천리향 따라 훨훨 높이 날고파

분꽃

분꽃은 꽃대 안에 단꿀이 가득해요
나비와 꿀벌들이 긴 대롱 못 뚫으니
배고픈 아가 꿀벌들 어떡하죠? 어쩌죠?

꽃 대롱 뽑아놓고 꿀벌들 불렀어요
냠냠냠 꿀 먹으며 웽웽웽 춤을 춰요
나도요 하나 뽑아 '쪽' 달콤해요, 달콤해!

비눗방울

고모가 선물로 준
비눗방울 불면서

보고픈 아빠 얼굴
그려서 후후 불고

아빠가 받아보시고
웃었으면 좋겠다

동생도 신이 나서
비눗방울 불어요

아빠께 곧장 가라
높은데 올라가서

자신도 날아갈 듯이
후후후후 날려요

빛 축제

아빠와 배를 타고 밤바다 낚시 갔죠
은갈치 잡을 때는 가슴이 벌렁벌렁
한 마리, 두 마리 잡아서 모빌처럼 걸었죠

노랗게 백열등 빛 엎어진 은빛 갈치
별 하나 없는 밤에 반짝반짝 빛나요
캄캄한 바다 위에도 반사된 빛 초로롱

뽀글뽀글 식당

주말엔 뽀글뽀글 식당이 문을 열죠

떡라면, 김치라면, 어묵이 차림표고

반찬은 단무지 하나, 주문은 언제든지

아빠가 끓이시는 라면은 꼬들꼬들

국물은 달달 짭짭, 비결이 무엇일까?

엄마는 월화수목금 모두 열면 좋겠대

뽀글뽀글 식당

쉼터

교문 옆 나무 그늘
내 마음 쉬는 정원
누워서 하늘 보면
마음이 뻥 뚫리고
앉아서 책을 읽으면
졸음 없이 잘 읽지

오늘도 찾아가니
다른 애 앉아 있어
잠깐만 앉으려다
부딪혀 넘어졌네
무릎에 피가 나는데
마음이 더 아프다

생일이 같아요

엄마도 생일인데 무엇을 선물할까?
선물은 필요 없대
건강히 잘 자라는
오빠와 예쁜 딸 내가 선물로는 최고래

나는요 좋은 선물 받으면 좋겠어요
얼마 전 액정 깨진
손전화가 좋겠는데
'엄마와 똑같은 마음 아니라서 미안해'

‘하하하

우스갯소리

시간가면 알겠지’

3^부

소문

선풍기

아아아! 울리면서 소리가 멋져지죠

더위를 식히면서 노래를 부르지요

선풍기 함께 있으면 나는, 나는 가수죠

소풍날 노래자랑 이제는 걱정 없죠

우주가 자랑해도 나는야 괜찮아요

못한다, 킥킥 웃어도 참가하는 재미죠

섭섭하다, 섭섭해

친구와 그림대회 참가해 기뻤어요
발표날 부풀었던 설렘이 사라졌죠
내 그림 입상됐는데, 친구 그림 안 됐죠

기분은 좋은데요, 내색은 못 했어요
내 눈엔 친구 그림 멋있고 재밌는데
친구도 입상됐다면 얼마나 좋았을까?

바다그리기대회
섭섭해
상장
상장
상장
축하해

소나기

갑자기 비가 오니
엄마들 마중 온다

못 올 줄 알면서도
엄마를 찾아본다

괜찮아, 내가 엄마께
우산배달 가지 뭐!

소문

만복이

똥 싸 놓고

뽐내며 나를 본다

바나나 모양의 똥 하얀 김 모락모락

하얀 눈 위에 싸놓아서

더 노랗게 빛난다

똥 봤다

말했는데 똥 쌌다, 소문났다

어떻게 만복이 똥

내 똥이 되었을까?

하하하! 우스갯소리 시간 가면 알겠지

숨바꼭질

'어디에 숨었을까?' 동생은 큰 소리로
'소파 뒤 숨었지롱!' 들떠서 알려 준다
모른 척 찾아냈더니 신기한 듯 까르르

이번엔 동생 술래 꼭꼭꼭 잘 숨어라
동생은 찾지 못해 '알려줘' 소리친다
숨어서 안 알려주니 못 찾겠다 잉 잉잉

심통 난 예쁜 동생 술래는 안 하겠대
저 혼자 숨어놓고 나보고 찾으란다
힘들여 찾은 척하면 하하하하 웃는다

숲 체험

방울꽃 아카시아 꽃향기 폴폴폴폴

푸른 숲 걸어가면 눈과 귀 상쾌하다

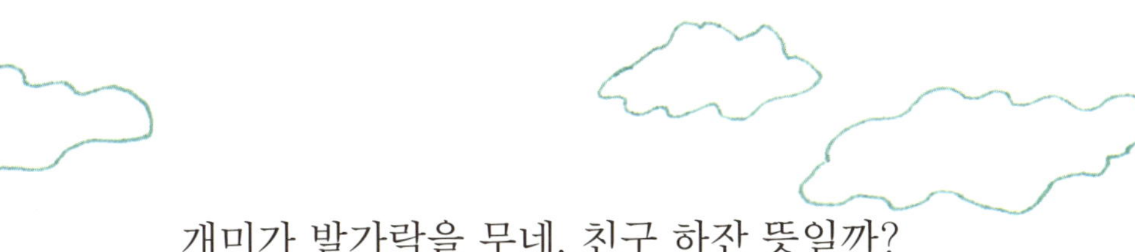

개미가 발가락을 무네, 친구 하잔 뜻일까?

꼼지락 좋다! 하니, 개구리 폴짝폴짝

메뚜기 팔딱팔딱 다 같이 놀자, 하네

엉덩이 씰룩 실룩이며 나도 신나, 헤헤헤!

월 화 수 목 금 토 일
6월 14일   18C°
음력 5월 3일   50%
11 8 14

시계 가족

엄마는 거실에서
'똑딱똑딱' 수다쟁이
아빠는 안방에서
빨간 눈 '껌뻑껌뻑'
삼촌은 내 방안에서
'따르르릉' 깨워요

엄마는 시간마다
'땡땡땡' 요란하게
아빠는 소리 없이
시간을 알려준다
삼촌은 더 자고픈 내 맘
외면한 채 '따르릉'

학습목표
다 히지
Do you know my name?
Why? Who?
13
× 4
12
4
52
21
× 37
147
63
777

시험 보는 날 기도

밤잠도
못 사면서
외우고 외웠는데
긴장돼 기억 안 나 눈앞이 캄캄해요
기억이 날듯 말듯 해 답답하고 슬퍼요

마법을
바라는 것
절대로 아니에요
공부한 내용만큼 기억해 쓰고파요
'하느님, 불안한 마음 가라앉혀 주세요'

아기 된 할머니

할머니 예쁜 머리 바람이 헝클었다
단정히 빗겨주니 빙그레 웃으시네
꽃모자 씌어 드리니 고맙다, 끄덕끄덕

할머니 미소 속에 엄마가 담겨있고
엄마와 할머니가 역할이 바뀐 듯 해
할미니 머릿속 어디쯤 내 모습이 있을까?

아빠, 사랑해요

아빠가 콜록콜록
열나서 속상해요
병원에 가시라니
시간이 없으시대
오늘은 병원 가셔서
주사 맞고 오세요

아빠가 아프시면
온 식구 슬프지요
언제나 가족 먼저
챙기는 우리 아빠
오늘은 일 안 하시고
쉬셨으면 좋겠어요

알 수 없는 이유

짜증 나 달려와서 바다를 바라봤다
끼이룩 끼룩끼룩 철얼썩 철썩철썩
무엇이 잘못된 건지 아무것도 모르지

바닷속 고래처럼 어디든지 가고파
하늘의 갈매기가 부럽구나, 부러워
부루룩 올라온 마음 가라앉긴 하는데

아직도 내 마음이 왜 이래, 우울하네
해 저문 갯벌 보니 뱃속도 꼬르루룩
엄마가 부르나보다, 집에 가서 생각하자

* 그림 : 능허대중 1학년 김사랑

여름 민들레

노란 꽃 푸른 잎이
한동안 예뻤는데
꽃지니 하얀 머리
검은 씨 되었구나

'괜찮아 바람 따라 펄펄 나비처럼 날 거야'

어딘가 도착하면
세 식구 만들어서
새봄에 푸릇푸릇
노란 꽃 피우겠지

'누군가 마음속 깊이 새 희망을 줄 거야'

영상전화

외로운 할머니께 강아지 선물했죠
강아지 재롱 보니 하루가 빨리 가고
이름을 지으셨다며 영상전화 하세요

오늘은 손 줘, 앉아 훈련도 시키시고
대소변 잘 가린다, 자랑도 하시네요
할머니 웃음소리가 나는 제일 좋아요

오렌지

급식 때 나온 과일 한눈에 알았어요

엄마가 좋아하는 향긋한 오렌지죠

하나를 반쪽 나눠서 조금만 먹었어요

주황빛 즙이 많은 새콤달콤 오렌지

터치지 않으려고 잘 싸서 조심조심

드시는 모습 그려보니 침이 절로 고여요

옥수수

옥수수 한줄 한줄
앞니로 쏙쏙 빼서
한 톨씩 먹는 것은
정말로 재미있지
톡톡톡 터지는 느낌
고소하고 달콤해

옥수수 수염 보면
할아버지 생각나
치아가 없으셔서
옥수수 못 드시지
물컹한 옥수수 있다면
정말정말 좋겠어

'내일쯤 날 수
있겠지!
수줍은 듯 까르르'

4부

재치 있는 천자

운동회

신나는 운동회날 아빠와 같이 갔죠
장애물 경기에서 1등은 못 했지만
아빠와 함께 달리니 기쁜 마음 뿜뿜뿜!

뛰다가 넘어져서 다리를 다쳤는데
울려는 나를 업고 힘차게 뛰셨어요
아빠가 곁에 있으면 천하무적 짱짱짱!

웃음 정원

키가 큰
해바라기
해님 보고 하하하

키 작은
채송화는
달님 보고 호호호

별님은
두 꽃 비추며
아롱다롱 웃어요

음표의 능력

하얀색 건반 사이 검은건반 걸으면
잔잔한 긴 음 반음 조화가 아름답죠
오선의 평화로움이 마음속에 남아요

검은색 건반 사이 하얀 건반 뜀뛰면
기쁜 곡 만들어져 웃음이 쏟아져요
경쾌한 깡충 리듬의 밝은 노래 즐겁죠

일기예보

비 온 후 나타나는 서쪽 하늘 무지개

소나기 지나간 뒤, 해 등지고 빛나죠

나와서 놀자 부르며 빨주노초 파남보

비 온 다 말헤주는 동쪽 하늘 무지개

비구름 몰려오니, 집에서 놀라 하네

나갈 땐 우산 챙기라며 빨주노초 파남보

재치 있는 천사

친구들 잘 챙기는
맘 착한 우리 동생
운동도 잘하고요
노래도 곧 잘하죠
동그란 얼굴형까지
천사같이 생겼죠

숙제도 혼자하고
방 청소 잘하길래
'날개는 어디 있니?'
웃으며 물어봤죠
'내일쯤 날 수 있겠지!'
수줍은 듯 까르르

* 그림 : 송명초 2학년 김하늘

저녁놀

둥근 해 뉘엿뉘엿 바다로 잠길 때면
갈매기 물결 위에 잠자리 준비하고
바닷속 우럭 광어도
아기처럼 잠들지

하늘엔 해그림자 주황빛 줄무늬로
재미난 하루 생활 꼼꼼히 써놓고서
잔잔한 바닷속으로
살금살금 잠기지

전학해 온 친구

전학해

온 친구는

내 맘에 쏙 들어요

낯가림, 수줍음에 손톱만 뜯었어요

두 눈이 마주쳤는데, 아무 말도 못 했죠

잠시 후
용기 내어
이름을 물었어요
이종윤 멋진 이름, 축구가 취미래요
축구를 같이하면서 친한 사이 될래요

절친

칠판에 매일매일 이름이 적히는데

떠들고 청소 안 한 친구들 이름이다

송기철, 오늘만큼은 뛰지 말고 조용조용

생일날 이름 적혀 혼나면 어쩌려고?

행복한 순간일 때 선물 주고 싶은데

하하하 웃는 개구쟁이, 너의 매력 어쩌니!

정말 괜찮을까?

접시 위 꿈틀꿈틀 토막 난 낙지다리
큰형은 맛있다고 입안에 잘 넣는데
용기가 나지 않아서 망설이고 있었죠

한 조각 입에 넣고 꼭 꼭꼭 씹으려다
입천장 딱 붙어서 어쩔 줄 몰랐어요
물 세 컵 마시고서야 삼킬 수가 있었죠

갑자기 뱃속에서 꼼지락 꾸룩꾸룩
낙지가 수영하고 노는 것 같은데요
큰형은 깔깔깔 웃으며 괜찮다고 하네요

좋아하는 계절

분홍 꽃 파란 바다 노란 잎 하얀 꽃눈
어여쁜 사계절 중 겨울이 참 좋아요
달빛이 눈 위에 내려
빛이 나는 하얀 밤

눈꽃이 천사 되어
하늘로 날아갈 때
이야기 동산으로 우리를 데려가요
동화 속 주인공 되어 밤새도록 놀지요

지키자! 교통법규

갑자기 붕붕 붕붕 무법자 나타나서
신호등 안 지키며 쌩쌩쌩 달리네요
안 돼요, 좌우 살피며 안전하게 운전해요

위험해 친구들아, 갑자기 뛰지 말고
초록 불 확인하고 손전화는 보지 말자
교통법 철저히 지켜 교통사고 예방해요

학교앞

철봉 놀이

철봉을 꼭 잡고서

얼마나 오래 있나?

파르르 떨리는 손 꼭 잡고 버텨야죠

결국엔 떨어지지만 기분 좋은 놀이죠

턱걸이 연습할까

하나아 두우우울

두 번째 턱 올리고 세 번 짼, 떨어졌네

많이는 못 하였지만 두 개까진 잘 했죠

철새

아가 새 첨벙첨벙
끼룩끼룩 웃음소리
간질대는 물고기와
오늘도 즐거운데
엄마 새 먼 여행 준비로
아침부터 분주해요

아가 새, 가는 곳이
어디냐 물어보니
바람이 길 안내해
잘 갈 수 있다네요
똑바로 날개 쭉 펴고
엄마 따라 오래요

톡톡 사탕

동그란 가루사탕 입안에 가득 차면
새콤한 불꽃들이 타다닥 톡톡톡톡
가만히 물고 있으면 간질간질 탁탁탁

하늘의 별빛만큼 입안에 반짝반짝
톡 사탕 입에 물고 시큼한 침 삼키면
느낌도 상쾌해져서 눈 속 번개 뽕뽕뽕

눈뜨는 사탕

파리똥

김밥에 앉아 있던 파리가 놀랐을까?
화들짝 벽 쪽으로 날아가 앉아 있다
뭘 하나 가까이 가 보니
점 똥을 싸 놓았네

파리도 똥을 싸네, 점점점 그림처럼
쿰쿰쿰 코 대보니 냄새는 나지 않아
아하하 김밥값으로
멋진 그림 그렸나?

반짝 반짝
작은별
아름답게
비추네
서쪽하늘에서도
동쪽 하늘 에서도

우리들마
음에 빛
이 있다면
여름엔
여름엔

구
무

하면 돼

나는야 왼손잡이
오른손 쓰기 도전!
반나절 써봤는데
맘처럼 쉽진 않네
내 이름 써진 걸 보니
자꾸 쓰면 될 거야

안되면 될 때까지
꾸준히 노력하자
오늘은 친구 이름
내일은 가족 이름
그 후엔 모든 글자다
양쪽 쓰기 성공하자!

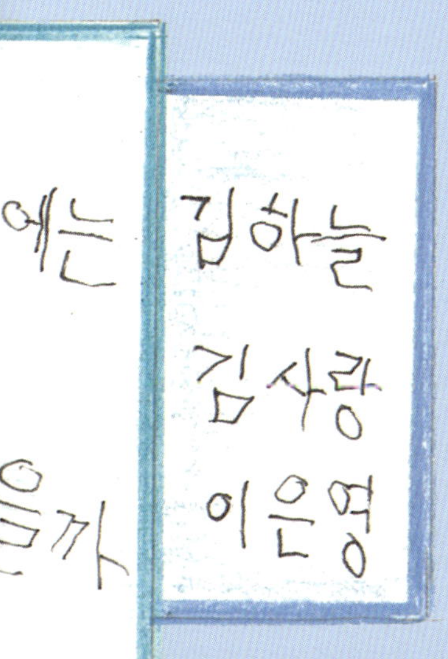

모래톱 위로 미끄러지는 따스한 파도,
갯벌처럼 반짝이는 생명의 동시조집

김성진(동시인)

모래톱 위로 미끄러지는 따스한 파도, 갯벌처럼 반짝이는 생명의 동시조집

김성진(동시인)

　다양한 생물의 놀이터이자 안락한 품인 「갯벌」은 아동문학가가 꿈꾸는 이상향이라 할 수 있을 것이다. 저마다의 색을 가진 아이들이 스스로 찾아와 놀고, 또 쉴 수 있도록 품을 내어주는 것. 그리고 그 품을 지속 가능한 상태로 가꿔 나가는 것.
　아동문학가에게 이 이상의 꿈이 또 있을까?
　전작[1]의 책머리에서 "동시를 통해 친구들을 자주 만나고 싶다"고 밝혔듯, 최연희 시인이 작품을 묶으며 꿈꾼 장면 또한 이와 다르지 않을 것이다.

---

1) 최연희, 『오리의 잔꾀』, 시아북, 2022

갯벌은 바다생물 재미난 놀이터죠
갯고둥 꾸불꾸불 골목길 만들고요
바지락 물총 쏘면서 시원하게 놀지요

갯벌은 엄마 같아 바다 것 먹이 주고
위험한 태풍 올 땐 품속에 안아 줘요
파도가 짜증을 내도 따뜻하게 달래요

-「갯벌」 전문

첫 장을 장식한 이 작품은 최연희 시인의 새로운 시작을 여는 작품이자 일종의 예고편처럼 느껴진다. 왕성한 창작 의욕으로 1년이라는 비교적 짧은 시간 아래 모인 작품이지만, 이전 동시집보다 다양한 소재와 깊어진 감정선이 감지되는 것은 나뿐만이 아닐 것이다.

바닷물이 드나드는 길목에 최연희 시인이 꾸려놓은 생명과 동심의 놀이터를 함께 살펴보도록 하자.

1. 생태학적 시선으로 바라보기

도토리 떼굴떼굴
구르는 좁은 숲길
다람쥐 땅속 깊이 도토리 숨겨 놓고
겨울에 하나하나씩 꺼내먹을 건가 봐

갑자기 눈 내린 날

도토리 찾지 못해

눈길을 왔다 갔다 파놓고 또 파놓고

다음엔 숨긴 자리에 '내 것'이라 꼭 쓰렴

- 「꼭! 표시해」 전문

다람쥐가 겨울나기를 위해 열심히 도토리를 모으나, 끝내 묻어버린 곳을 잊어버린 덕에 숲이 형성된다는 생태학적 사실이 귀엽게 표현된 작품이다. 전작[2]에 수록된 「누가, 누가 먹을까?」처럼 상황 그 자체를 다루거나 다람쥐를 화자로 내세워 귀여운 면모를 강조할 수도 있었겠지만, 시인은 다람쥐의 익숙한 면모를 대변하는 대신 다른 자세를 취한다. 한 발짝 떨어져 대상이 속한 환경까지 두루 살펴보는 관찰자의 시선을 취한 것이다. 이는 생태학적 시선으로 대상을 세밀하게 관찰하고 종국엔 자연의 일부인 어린이의 생활 영역, 예컨대 어린이가 소지품을 자주 깜박하는 일과 자연스럽게 포개지도록 유도하여 읽는 이에게 잔잔한 웃음을 자아낸다.

"'내 것'이라 꼭 쓰렴"라는 권유가 자칫 교훈적인 메시지로 읽힐 수도 있지만, 대상에 대한 애정이 담긴 문체는 그러한 독법으로 읽히기를 당당히 거부한다.

---

2) 최연희, 『오리의 잔꾀』, 시아북, 2022

「겨울나무」「나무」「알 수 없는 이유」 등의 작품에서도 이러한 시선이 감지되는데, 최연희 시인의 이전 동시집에서는 잘 두드러지지 않았던 어린이 화자의 입을 통해 발화되는 타인에 대한 이해와 그로 인한 성장통에 대한 감정이 자연물과 어린이의 관계를 통해 조명된다.

"혼자서 쓸쓸하다/ 춥다는 말 안 하고" "찾아온/ 햇살에게 고맙다"고 감사를 표할 줄 아는 태도라거나(「겨울나무」) "자세히 살펴보니" "아빠와 할아버지보다 훨씬 많은 나일걸" 그러니 "나무 오래오래 살아줘"(『나무』)라는 발언에서 유추할 수 있는 타인을 위하는 마음은 최연희 시인의 내면 아이가 성장한 끝에 나올 수 있었던 표현이다.

이처럼 시적 의도가 명확한 작품도 있지만 모호한 태도로 일관하는 화자가 전면에 등장하는 작품도 있다. 가령 「알 수 없는 이유」에서 시인은 "아직도 내 마음이 왜 이래, 모르겠다" "해 서문 갯벌 보니 뱃속도 꼬르루룩" "엄마가 부르나보다, 집에 가서 생각하자"고 표현하는데, 여기서 우리는 어린 시절의 '어떤 마음 상태'에 대해 지레짐작하지 않고 보태지 않으려는 시인의 진중한 태도를 엿볼 수 있다. 배경이자 주요 소재로 등장하는 바다는 앞서 언급한 「갯벌」과 마찬가지로 자연(시인)의 넉넉한 품을 보여주는 한편, 그 알 수 없는 '무엇'에 대해 어린 화자가 곱씹지 않고 건강하게 해소할 수 있는 장소로 기능하는 것이다.

2) 자연 속에서 성장하는 아이들

최연희 시인의 전 작품에서는 자연물, 특히 계절감이란 독립적 소재거나 동식물과 짝을 이뤄 자연 그 자체를 노래하는 경향을 보였다. 물론 어린이가 함께 등장하는 작품도 없지는 않지만, 자연과 어린이가 분리된 상태(혹은 연출상 한 공간에 놓이거나 화자가 명확하지 않은 상태)에서 시적 세계관을 형성했다. 그런데 이번 동시집을 구성하는 작품들에선 그러한 경향을 벗어나는 양상을 보인다. 자연이 주연主演 자리를 어린이에게 넘겨주고 빛나는 조연助演이자 든든한 배경으로 물러남으로 확장된 세계관을 보여준 것이다. 달라진 세계관 안에서 발언하는 어린이를 주목해 보자.

분홍 꽃 파란 바다 노란 잎 하얀 꽃눈
어여쁜 사계절 중 겨울이 참 좋아요
달빛이 눈 위에 내려
빛이 나는 하얀 밤

눈꽃이 천사 되어
하늘로 날아갈 때
이야기 동산으로 우리를 데려가요
동화 속 주인공 되어 밤새도록 놀지요

―「좋아하는 계절」 전문

하얀 밤, 이야기 동산에서 어린이가 맘껏 뛰놀 수 있길 희망하는 시가 이토록 서글픈 이유는 무엇일까? 익히 알고 있듯 현대의 어린이는 너무 바빠 자연을 관조할 시간은커녕 가까이할 여건마저 보장받기 힘들다. 대신 스마트폰을 바라보며 좁은 시야 안에 자신을 가둔다. 좋아서 하기보다는 짧은 시간 안에 접촉하고 작은 성과를 얻을 수 있는 것이 그뿐인 게 크다. 무엇을 좋아하는지조차 탐구할 수 없는 아이들. 자칫 이상적으로 느껴질 수 있는 시가 공허하지 않고 되레 희망적으로 느껴지는 이유는 내가 좋아하는 것을 명확히 아는 시속 화자와 대비되는 요즘 아이들의 답답한 현실 탓일 것이다. 아이들은 이 작품을 보고 뭐라고 말할까? 궁금한 마음이 드는 한편 답이 예상돼 슬퍼지기도 한다.

하지만 요즘의 아이들이 처한 현실이 마냥 슬프기만 한 것도 아니기에, 자라나는 아이들 특유의 활달함을 보여주는 작품도 곳곳에 있어 책장을 넘길 때마다 감정의 굴곡이 생겨난다.

갑자기 비가 내리는 상황을 통해 화자의 성장을 보여주는「소나기」는 "못 올 줄 알면서도/ 엄마를 찾아보"는 어린이의 보편적 심상을 보여주는 데서 한 걸음 더 나아가 "괜찮아, 내가 엄마께/ 우산배달 가지 뭐!"라고 말함으로 우리를 미소 짓게 한다.

그 밖에도 그림대회에서 자신만 입상한 걸 알게 된 화자가 친구의 마음을 걱정하며 섭섭하다고 표현하는「섭섭하다, 섭섭해」작품 이후의 상황이 궁금해지는「쉼터」내 맘대로 안 되는 마음 탓에 고생하는 사춘기 화자를 다룬「매일 하는 속말」등 성장통을 겪는 아이들이 아직 자신들의 말로 표현하지 못한 감정들을 시인은 온몸으로 받아 서정적 필치로 풀어냄으로써 자신들만의

터널을 담담히 건너고 있는 이들을 응원한다.

3. 다시, 『바다 비밀』

여기까지 해설을 쓰며 『바다 비밀』을 여러 차례 읽었다. 전작
과 달라진 지점을 찾기 위해 앞서 발표된 『레미파솔라』와 『오리
의 잔꾀』도 여러 번 들여다봤다. 그래서 그럴까? 처음엔 의아했
던 『바다 비밀』이라는 제목도 와닿았다.

"갯벌 속 구멍구멍/ 미지의 정글 같아" "구멍에 누가
살까?/ 어떻게 살아갈까?"

제목이 말하듯 『바다 비밀』은 여러 존재가 어떻게 어울려 살아
가고 있는지를 속삭이듯 말하는 동시집이다. 우리와 함께 살아
가고 있지만 들여다보지 않는다면 그냥 지나치고 말았을 그런
존재들. 가까이 있지만 귀 기울이지 않아 미처 알지 못했던 마음
에 대해 시인은 꾸미지 않은 문체로 나긋이 속삭인다. 책을 펼치
면 소라에 귀를 가져다 대던 어린 시절처럼 눈앞에 없는 바다가
펼쳐지고 귓가엔 잔잔하게 오가는 파도 소리와 함께 아이들의
웃음소리가 들려오는 것이다.

둥근 해가 뉘엿뉘엿 바다로 잠길 때면
갈매기 물결 위에 잠자리 준비하고
바닷속 우럭 광어도
아기처럼 잠들지

하늘엔 해그림자 주황빛 줄무늬로
재미난 하루 생활 꼼꼼히 써놓고서
잔잔한 바닷속으로
살금살금 잠기지

-「저녁놀」 전문

이처럼 다양한 사유와 소재들이 한데 뭉쳐있음에도 복잡하지 않고 편안하게 읽을 수 있는 건 끊임없이 부딪히고 부서지며 터를 닦는 파도가 시의 내면에 깃들어 있기 때문일 것이다.

전작에서도 존재감을 드러냈던 만복이의 근황을 보여주는 「만복이」「소문」도 재미 요소다. 한번 읽으면 제목으로 되돌아가 다시 읽게끔 설계된 「꿀이겠죠?」처럼 함께 낭독하며 아이들에게 질문을 던져보고 싶은 작품들도 눈여겨 볼만하다.

맛있는 걸 봤을 때 함께 나누고 싶은 맘을 다룬 「오렌지」처럼 동시를 사랑하는 사람들과 함께 둘러앉아 『바다 비밀』을 읽는 것도 뜻깊은 일일 것이다. 그때 내가 낭독하고 싶은 작품을 소개하는 것으로 이만 해설을 마치겠다.

노란 꽃 푸른 잎이
한동안 예뻤는데
꽃지니 하얀 머리
검은 씨 되었구나

‘괜찮아 바람이 불면 나비처럼 날 거야’

어딘가 도착하면
새 식구 만들어서
새봄에 푸릇푸릇
노란 꽃 피우겠지

‘누군가 마음속 깊이 새 희망을 줄 거야’
-「여름 민들레」 전문

"바람이 불면 나비처럼 날"아 "누군가 마음속 깊이 새 희망을 줄 거"라는 「여름 민들레」의 말처럼 최연희 시인의 동시가 여러 독자의 마음 깊숙이 닿아 "푸릇푸릇"한 "노란 꽃"을 피우길 바란다.

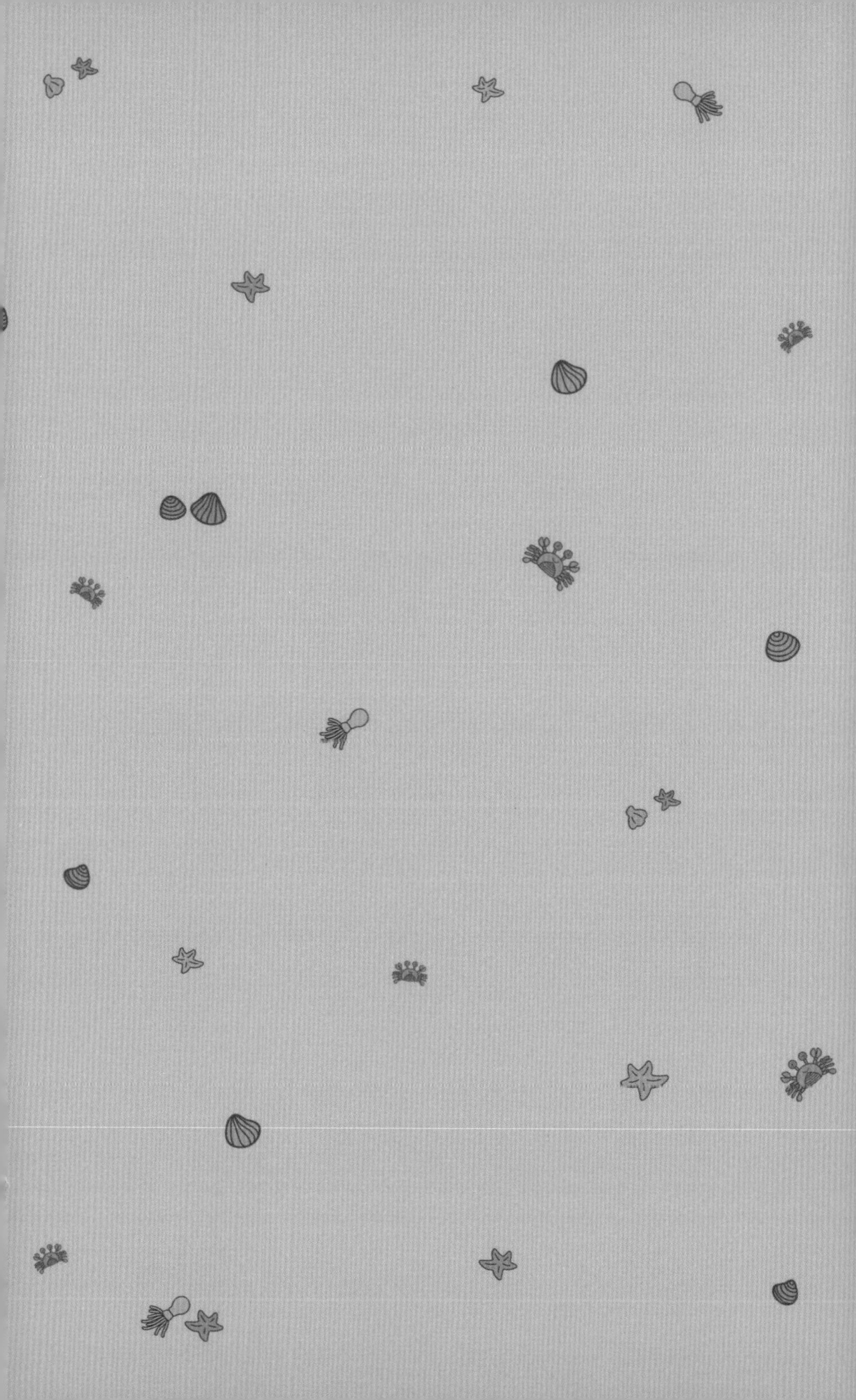